Tomislav Markovic

Ich kann nicht lesen, brate!

story.one – Life is a story

1st edition 2024
© Tomislav Markovic

Production, design and conception:
story.one publishing - www.story.one
A brand of Storylution GmbH

Font set from Minion Pro, Lato and Merriweather.

© Cover photo: Photo by kyo azuma on Unsplash

ISBN: 978-3-7115-1099-0

Für alle, die ich liebe und lieben werde!

Dieses Buch widme ich meinen Eltern, meinem Bruder und meiner unglaublichen Freundin, die immer für mich da ist. Ich widme dieses Buch aber auch meinen Freunden und bedanke mich dafür, dass ich ihr Freund sein darf. Ohne Liebe, Familie und Freundschaft ist das Leben nur ein Vergehen der Zeit, aber wenn man diese Zeit mit jemandem verbringen kann, dann ist es plötzlich ein Nutzen der Zeit, die wir auf dieser Erde haben. Nutzen wir sie aus diesem Grund! Danke auch an meine Kolleginnen und Kollegen und danke an alle, die ich noch lernen werde zu lieben!

INHALT

Kapitel 1: Je t'aime

„„Šta ima, brate!" Zlatan klopfte mir auf die Schulter. Ich hasste es, wenn er das tat. So ein dreckiger Hund. „Ejjj, pa ništa!". Scheiß Jugo! Als ob es nicht schon genug gewesen wäre daheim mit meinen Eltern naš zu sprechen, jetzt musste ich das auch noch in der Schule tun. Zlatan wiederholte die sechste Klasse zum zweiten Mal und nun musste ich mich um ihn kümmern. Er soll seine scheiß Hausübung selbst erledigen, warum muss ich das immer für ihn machen. Zlatan war cool. Er gehörte zu den leiwanden Typen, er war ein richtiger Ficker. Alle Mädels wollten ihn und er wusste es. Wenn man einer von den nicen Leuten sein wollte, dann musste man mit Zlatan sein. Schon seltsam wie das Schicksal spielt, sein Name passte in diesem Fall wirklich zu ihm. Zlatan, der Goldene, so ein bullshit. In seiner Birne war nicht mehr drinnen als ein leiser Furz, aber Zlatan war anscheinend ein goldener Furz. „Ivan, die Stunde hat schon vor fünf Minute angefangen!" „Ja, Frau Professor, ich musste noch aufs Klo!" Nicht einmal in Ruhe scheißen kann man hier.

Und wieder musste ich durch eine langweilige Französischstunde. „Comment tu t'appelles?" Kurac. „Je m'appelles Ivan!" „Très bien!"

Französisch war für mich eine Qual. Kein Mensch auf der Welt kann diese Wörter aussprechen. Savoir, regarder, livre, malheureux. Die Aussprache und die Wörter waren nie gleich und somit musste man alles immer zweimal lernen. Was für ein Blödsinn. Mein Vater sagt immer, dass Kroatisch, Bosnisch und Serbisch die einfachsten Sprachen sein. Er meint, dass alles so geschrieben wird, wie man es sagt. Natürlich stimmt das nicht. Oft ist für einen die Muttersprache nur aus dem Grund logisch, weil wir sie von klein auf lernen. Wir sind mit der Grammatik vertraut, den Vokabeln und dem Satzaufbau. Ein Wunder der Natur, dass unser Großhirn, um genauer zu sein, die linke Hemisphäre, im Bereich des Scheitellappens, Sprache so gut verarbeiten kann, dass wir innerhalb von ein paar Jahren sprechen können. Einfach atemberaubend, und ja, ich liebe Biologie. Kein Fach ist faszinierender! Alles Leben auf der Welt funktioniert gleich. Viel einfacher als Sprache! Jeder Mensch hat den gleichen anatomischen Aufbau, die gleichen Körperfunktionen und die gleichen zellulären Funktionen.

Alle Lebewesen oder zumindest die komplexeren müssen Mitosen vollziehen, um zu wachsen, sich zu erneuern und weiter am Leben zu bleiben. Wie kann man dann nicht von der Biologie fasziniert sein. Aja, und alle bekommen einen Steifen. Also, die Männer. Zumindest die meisten, es gibt Männer, die können das nicht, so sieht man das oft in der Werbung. Bei manchen Männern will die Rakete nicht abheben. Bei mir hebt sie leider zu oft ab, vor allem wenn sie vorbeigeht. Oh Mann, meine Aphrodite, ich würde alles für sie tun. „Je t'aime, je t'aime, je t'aime!" Wann wirst du meinen Penis streicheln. Die ganze Klasse lachte. „Ivan, möchtest du uns etwas mitteilen?" Gott sei Dank hatte ich nur „Je t'aime" vor mich hergerufen und den anderen Teil weggelassen.

Kapitel 2: Ich will so sein wie Zlatan

Karoline war wie Schokolade. Ich konnte von ihr einfach nicht genug bekommen. Ihre Haare rochen immer nach einem Kokosshampoo, es war wie im Urlaub, wenn Leute neben mir Piña Colada tranken und ihr Leben genossen. So waren die Haare von Karoline und ihre Lippen, sie waren rot wie Blut. Ihr Gesicht war so wunderschön. Sie hatte ein etwas rundlicheres Gesicht, aber es war so zart und weich. Ich nahm es zumindest an, wissen konnte ich es nicht, sie ignorierte mich oft. Sie stand eher auf Zlatan. Zlatan hatte für sie etwas sehr Männliches. Er war um einen Kopf größer als ich, hatte schon einen ziemlich starken Bartwuchs und einiges an Muskeln. Schule war ihm egal, aber Muskeln mussten da sein. Er ging wahrscheinlich jeden Tag ins Fitnesscenter. Er liebte es zu trainieren und prahlte damit in fast jeder Pause. Eigentlich verstand ich das überhaupt nicht. Ich war viel besser in der Schule als Zlatan. Er war immer der Vollidiot der Stunde und trotzdem stand sie auf ihn. Sie war eine sehr gute Schüle-

rin, liebte es zu lernen und anderen Mitschülerinnen und Mitschülern die verschiedensten
Inhalte zu erklären, aber irgendetwas faszinierte
sie an Zlatan. Sie mochte seine Präsenz, die Art
wie er mit anderen Mädchen sprach und wie er
sich ohne Mühe mit jedem Mädchen unterhal-
ten konnte. Mir schien es so als wäre ihm das
nicht einmal wichtig. Mann, was hätte ich dafür
gegeben wie Zlatan zu sein.

Zlatan war ein Gott. Ahmad war unglaublich
gut aussehend und Murat war einer der talen-
tiertesten Fußballspieler an der gesamten Schule. Ja, vielleicht sogar in ganz Wien. Er hatte es
einfach drauf. Er wusste wie man sich nach
vorne bewegt, alle ausdribbelt und dann das
Tor erzielt. Die Mädels fuhren alle auf ihn ab.
Murat war einfach voll krass. Ja, so war Murat.
Ahmad wurde auch von den Mädels geliebt,
aber Ahmad war nicht besonders gut. Er stand
meistens nur in der Nähe des Tors, lächelte ein
paar Mädels an und zwinkerte ihnen zu. Oh ja,
darauf standen sie. Alle. Ja, alle! Manchmal
hatte sogar ich das Gefühl, dass ich in Ahmad
verliebt war. Er hatte so geile…Ok, lassen wir
das lieber. No homo hier. Oder zumindest nicht
zu viel. Sie waren einfach alle drei Götter und
ich war eher so eine kleine Milbe, ja, wie eine

Varroa-Milbe fühlte ich mich. Das sind die Milben die Bienen töten, ja, ich war irgendwie eine Varroa-Milbe.

Es gab Tage, da versuchte ich wirklich wie diese Adonise zu sein. Ich trainierte, aß weniger und wollte einfach, dass die Frauen auf mich stehen, aber ich schaffte es einfach nicht. Egal was ich tat und wie ich mich bemühte, es war für mich fast unmöglich diesen Status eines Adonis zu erlangen. Ich hatte schon überlegt zu einem Schönheitschirurgen zu gehen und mir ein paar Sachen machen zu lassen. So eine Gesichtsstraffung vielleicht oder eine Penisverlängerung. Oh Mann, ich könnte echt gut aussehen, aber dafür war ich dann doch zu feige.

Kapitel 3: Nicht jeder Almann hat Para

Es war kurz vor 12 Uhr. Danach hatten wir dienstags immer Sport. Mit Zlatan und Murat war es einfach nicht lustig. Murat war ein unglaublich guter Fußballspieler. „Galatasaray," rief er immer. Er war nicht viel türkischer als Herbert Kickl, trotzdem tat er immer so als wäre er der größte Türke der Welt. Nicht einmal Atatürk war türkischer als Murat, wenn einmal ein Fußballspiel anstand. Die meisten ärgerte das, vor allem Peter und Thomas. Beide waren Almänner, Peters Mutter war Ärztin und Thomas Vater war ein Bauleiter bei der Strabag. Sie hatten immer alles. Jede Klassenlektüre hatten Sie immer in der schönsten Ausgabe, das neueste iPhone gehörte immer ihnen und Ralph Laurent oder Hugo Boss klebten immer an ihren Körpern. Es war aber natürlich nicht immer so. Auch wenn wir Tschuschen glauben, dass alle Österreicher und Deutsche, ja, na gut, auch die Schweizer, aber die sind ein Völkchen für sich, mehr Geld haben als Bill Gates oder Jeff Bezos, ist das natürlich bullshit. Ja, einem

Großteil der Schwabos geht es besser als den ganzen Ausländern, aber vielen geht es auch dreckiger. Lisas Vater war beim letzten Eltern-sprechtag angeblich wieder voll besoffen bei den Lehrerinnen und Lehrern. Frau Professor Lechberger musste ein paar Sportlehrer holen, die dafür gesorgt haben, dass der Vater die Schule verlässt, sonst hätte sie die Polizei rufen müssen. Und da war ja auch noch Ralph, seine Eltern waren oft high und alles was er daheim zum Anziehen hatte, war ein Jogginganzug, der mindestens 5 Jahre alt war. Eigentlich war er ihm auch schon zu klein, aber er besaß nicht wirklich andere Klamotten. Er wechselte ab und zu das T-Shirt und er hatte manchmal auch eine Jeans an, aber das war aus einem unerfind-lichen Grund nicht sehr oft der Fall.

„Ooooohhh sheeeesshhh!" „Scheiße Bruda, gehts?" U pičku materinu, jebem ti mater, koji ti je kurac. So ein Hurrensohn. „Geht schon, bro. Ist nur a bissi Blut!" Drecksarschloch! Ich hasste ihn, Ahmad war einfach so ein Dreckskind. Jedes Mal musste er der Beste sein und alles geben. Kein einziges Spiel, keine einzige Sport-stunde verlief normal mit ihm. Wieso konnte dieser Junge nicht einfach wie ein normaler Mensch spielen. Nein, er musste wie ein Trottel

herumfetzen bis er mal jemanden erwischte. Ich glaub nicht, dass meine Nase gebrochen war, aber scheiße, fühlte sich das beschissen an. „Wie geht's dir, Ivan? Magst du dir vielleicht aus dem Sekretariat ein Coolbag holen und dich dann für 10 Minuten mal hinsetzen?" „Ja, Herr Professor, mach ich!" Auf dem Weg ins Sekretariat konnte ich endlich mal abschalten. Es war echt too much. Diese ganzen Massen an Jugendlichen. Ich hatte einfach keinen Bock mehr. Oft wollte ich einfach nur chillen, meine Schulsachen erledigen und mein Leben genießen, aber es war nicht so einfach. Oft kamen genau solche Sachen dazwischen. Entweder hatte ich troubles mit meiner Familie oder die ganzen Mitschüler gingen mir einfach am Arsch. Das Leben ist leiwand, aber manchmal ist es schwierig sich mit manchen Leuten durchzukämpfen. Als ich gerade dabei war mir das Coolbag an die Wange zu halten, war sie da. Karoline stand vor mir.

Kapitel 4: Unsere Kinder werden wunderschön

Die Schmerzen waren plötzlich nicht mehr da und ich wusste gar nicht was ich eigentlich beim Sekretariat verloren hatte. „Hallo, wie geht's?" Nein, das brachte ich nicht heraus, alles was ich sagen konnte war: „H!" Ja, es war ein ganz einfaches „h", nein, kein „hi" oder „hallo", es war nur ein „h". Ich war einfach zu unfähig etwas Anderes zu sagen. Meine Knie zitterten, mein gesamter Körper ließ sich nicht bewegen. Einfach unvorstellbar. Warum tut das unser Körper, wenn man jemanden mag? Was geht in unseren Gedanken vor. Wieso müssen Parasympathikus und Sympathikus so spinnen, wenn man plötzlich eine Person sieht, die einem gefällt. Es war sehr schwer sich das zu erklären. Unser Körper scheint einfach nicht mehr rational handeln zu können, wenn man eine Person trifft, die einem gefällt. Unser Körper blockt dann einfach komplett. Ich sah sie an und ich dachte nur an den kleinen Dragan und die kleine Mara. Ach, wie schön würden unsere Kinder aussehen. „Shall I compare thee to a

summer's day, Thou art more lovely and more temperate!" Endlich hatte es sich ausgezahlt Shakespeare zu lesen, er war einfach ein richtiger Ficker. Ja, Shakespeare hatte es einfach drauf. Es gab keinen einzigen Autor bis heute, der mehr Vokabeln in seinem ca. 1,5 kg schweren Gehirn hatte als dieser Mann oder Frau. Keine Ahnung was er war, ist doch eigentlich egal, ob Penis oder Mumu, who gives a fuck!? Wer weiß, vielleicht war Shakespeare einfach nur ein Außerirdischer, der sich verlaufen hatte, denn manchmal klingen seine Texte wirklich so, trotzdem scheinen viele seiner Wörter bis heute noch im Alltag vorzukommen, weil vor ihm keiner fähig war das auszudrücken, was er konnte. Schon seltsam! Sprache war etwas sehr kurioses und faszinierendes. Ich kann Wörter produzieren, die dann etwas bedeuten und jemand anderes versteht das. Das führte dazu, dass wir die erfolgreichste Spezies der Welt wurden, der erfolgreichste Primat. Und trotzdem fragt man sich immer wieder wieso eigentlich. Abgesehen von den ganzen Kriegen, ging es bei vielen von uns, na gut, bei mir, immer nur um das Eine. Mumus und Beidel. Ach, Mumus, ich liebe diese glatt, na gut, jetzt gehe ich dann wieder zu weit. Karoline stand vor mir und ich versuchte noch immer den achten

Buchstaben des Alphabets zu stottern. Spannend das der achte Buchstabe eigentlich so negativ konnotiert war. Jeder sagte ihn trotzdem ziemlich oft am Tag. Nun, zurück zu der Frau, die mir wunderschöne Kindern erschaffen sollte, mit meiner Hilfe natürlich. Ich glotze sie an, sie lächelte etwas verwirrt und war sich nicht ganz sicher was sie tun sollte. Plötzlich war es so weit, sie wollte etwas sagen, sie war bereit mit mir zu reden. Oh Gott, danke dir, ich will dich, ja bitte heirate mich. Ich werde alles für dich tun. „Karoline, du flotte Biene. Zeig mir deine Miene, ich liebe." Ich war ein Poet, ja ich war der neue Shakespeare. Ich will dich, ja, ich bin ready. Ja, auch mein Ding-Dong war bereit. „Entschuldige, ich muss ins Sekretariat. Darf ich durch?" Sie hatte mit mir gesprochen, darf das wahr sein. Karoline hatte zum ersten Mal so richtig mit mir gesprochen. YEEEEEESSSSSSS-SSSSSSS! „Baum, Chicka, Bau-Wow!" Ich war ein Gott, ja, ich war wie Alexander der Große, der Sohn von Zeus, der Sohn von Amun-Re.

Kapitel 5: Deine Mutter

Karoline ging an mir vorbei und ich war der glücklichste Mensch auf der Welt. Es gab niemanden der glücklicher und voller Euphorie war als ich. Karoline hatte mir in die Augen geschaut und mit einer erotischen Stimme gesagt: „Entschuldige, du süßer Kerl. Ich würde dich am liebsten vernaschen, aber ich müsste durch. Könntest du süßer Hase mich ins Sekretariat lassen?" Also, zumindest so ähnlich klang es für mich. Ich kann nicht genau sagen, was mich an Karoline so faszinierte, aber sie war für mich einfach ein tolles Mädchen. Ich mochte es wie sie ging, wie sie sich kleidete. Es war einfach echt nice. Sie war meine Traumfrau und ich hatte uns schon ein Haus, ein Auto und ein Boot gekauft. Ich liebte sie. Auf dem Weg zurück in den Sportsaal, sah ich Darko und Yung-Su. Beide waren auf dem Klo und ich glaube, sie waren gerade dabei zu rauchen. Sie hatten immer irgendwelche neuen Vapes und versteckten sich immer vor dem Direktor. Schule war Yung-Su und Darko egal. Plötzlich kam Zeljko zu ihnen und gab beiden ein kleines

Päckchen. Es waren sicher Drogen, alle drei waren in der gesamten Schule schon bekannt. Jeder wusste bei Darko, Zeljko und Yung-Su kriegt man jeden shit, den man wollte. Manche munkelten, dass manche Lehrkräfte sich etwas von denen holten, oft wahrscheinlich nur Gandja, aber Herr Wintzer war oft schon beim Direktor, weil er in den Stunden schlief, Frau Weingartner hatte uns einmal in der Geschichtestunde erzählt, dass er oft komisch drauf war und vermutlich alkoholisiert in die Schule kam. Um nicht immer so schlimm aufzufallen, kaufte er sich mit einer großen Wahrscheinlichkeit ab und zu auch Koks bei den berüchtigten Musketieren. Sie waren El Chapo, Escobar und Felix. Die bekanntesten drug lords in der Geschichte des Drogenhandels. Ja, Netflix hat mir so einiges beigebracht. Leider war es irgendwie wirklich so. Sie waren mir noch nie ungut aufgefallen, aber ich hatte immer ein sehr mulmiges Gefühl, wenn ich an ihnen vorbeilief. Es war für mich so als würden sie einen beobachten und wenn ihnen etwas nicht passte, dann versuchten sie ihm Angst einzujagen. Sie waren einfach nur fürn Oasch. Ich hasste sie. Bolje bi bilo da ih nema, ali tu nitko nemoze ništa učiniti. „Hey, cabron!" Alle drei lachten. „Hijo de puta, was los brate!?" Scheiße, eigentlich

wollte ich nicht, dass sie mich sehen. Jetzt musste ich ruhig bleiben. „Ivan, du kleiner Gangsta, was geht. Šta se radi, brate moj?" Ich musste versuchen so ruhig wie möglich zu bleiben, es war aber nicht einfach. Sie hatten alle so einen seltsamen Blick drauf. Scheiße, jetzt hatte ich wirklich Angst. Fuck! U pičku materinu. Koji kurac!" Ejjj, pa ništa prijatelju. Samo malo šetam." „Šetaše na satu, bist du deppert, du bist ja echt ein fucking G! Hahahah!" Darko wusste, dass ich log. Er hatte so etwas wie einen sechsten Sinn, wenn es darum ging zu erraten, ob ihm jemand die Wahrheit sagte oder nicht. Er war wirklich wie El Chapo. Shit! Ich hatte keine Ahnung, was sie vorhatten. „Hast du ein bissi para, mein Freund!" „Jo bro, na, no money in the bank!" „Komm, schon bruddiii, lass ein paar Scheine rüberwachsen." „Ok, hier, mehr hab ich nicht Jungs!" „Rich, rich, hahaha!" Ich gab ihnen 50 Euro, fuck, viel mehr hatte ich nicht, eigentlich wollte ich mir damit das neue GTA Spiel kaufen, stattdessen war ich in einem gefangen. Fick deine Mutter!!!!!!!!! Das hätte ich ihm am liebsten gesagt. „Bro, muss wieder in den Unterricht!"

Kapitel 6: Was los mit Peter?

Als ich wieder im Sportsaal ankam, fragte mich Herr Schumann wo ich so lange geblieben war. Ich versuchte es ihm zu erklären, aber er bestand darauf mir einen Klassenbucheintrag zu verpassen. Mann, ich hasste mein Leben. Er hatte mich doch selbst in das Sekretariat geschickt und wenn meine Eltern beim nächsten Gespräch von diesem Klassenbucheintrag erfahren, dann bin ich dran. „Mein Sohn, macht so was? Kako te nije sramota?" Wieso sollte ich mich schämen, ich konnte nichts dafür. Balkaneltern waren so, aber die ganzen Lehrer konnten das nicht verstehen. Bei Balkanleuten geht es um die Ehre, den Stolz, ja, wir haben Regeln, aber die sind oft ungeschrieben. Bei vielen Österreicherinnen und Österreichern gilt das Gesetz. Ja, sie leben anders als wir, sie verstehen oft nicht wieso wir Ausländer ein Problem damit haben mit schlechten Noten nach Hause zu kommen und wieso es so schwierig ist eine Lehre anzufangen. Lehrstellen sind stigmatisiert, oft heißt es nur: „Was, du hast nur eine Lehre?" Es war nicht einfach. Viele unserer El-

tern waren mit dem Jugoslawienkrieg nach Österreich gekommen. Einige hatten schlechte Ausbildungen, andere gute, aber im Grunde genommen landeten die meisten in Putzfirmen, beim Spar oder auf der Baustelle. Die wenigsten der Balkaneltern schafften es sich hochzuarbeiten. Daher wollten die meisten nur das Beste für ihre Kinder und ihnen den besten Schulabschluss ermöglichen, das Problem bestand aber darin, dass sie nicht wussten was alles für einen AHS-Abschluss wichtig ist, was es bedeutet Tage lang zu lernen, Arbeiten zu schreiben, Hausübungen abzugeben, sich mit einem essay, report or article auseinanderzusetzen. Ungleichungen zu lösen, Wahrscheinlichkeitsrechnungen auszurechnen und qui,quae,quod aufzusagen. Sie wussten nur Ausbildung bringt Geld und Geld wollten sie. Ausbildung bringt aber auch Verantwortung mit sich und das konnten sie nicht verstehen. Ausbildung bedeutet sich mit den großen Philosophen auseinanderzusetzen und darüber nachzudenken, was das Leben für einen Sinn hat. Ausbildung bedeutet sich mit Betriebssystemen wie Linux, Android, iOS, MacOS oder Windows auszukennen. Büroprogramme bedienen und mit GeoGebra Rechnungen durchführen zu können. Ausbildung bedeutet aber auch über die

Gräueltaten des Naziregimes nachzudenken und alles dafür zu tun, dass sich das nicht wieder wiederholt. Meine Eltern jedoch verstanden vieles davon nicht. Im Spar ging es oft darum die Wurst dünner oder dicker zu schneiden und auf der Baustelle war es wichtig viel schleppen zu können. Ich fand das alles wichtig, man darf mich nicht falsch verstehen, aber manchmal hat man das Gefühl, dass es einfacher ist eine Bohrmaschine zu bedienen, als nachzuvollziehen wieso Menschen 1938 so tickten wie sie es taten und meinen Eltern konnte ich nicht erklären, wieso mich solche Sachen so belasteten. Es war für mich schwer nachzuvollziehen, da sie ja eigentlich selbst teilweise durch den Krieg gegangen waren, aber vielleicht wollten sie genau aus diesem Grund nicht darüber nachdenken. „So, who is absent today?" Frau Hengelberg war in die Klasse gekommen und sie wollte mit ihrem Unterricht anfangen. „I'd like to continue our conversation about science. We talked about the impact science had on our society." "Ms. Hengelberg, I think we forgot Peter. He's still absent." "Oh, thanks, do you know what's wrong with him?" Niemand konnte etwas sagen.

Kapitel 7: Tako ti je to bilo

„Bok Mama, bok Tata!" „Bok sine, kako je bilo u školi?" „Dobro!" Ich ging dann in mein Zimmer. Es war immer das Selbe. Ich hatte nicht wirklich Lust mit meinen Eltern über die Schule zu sprechen. Die Fragen waren immer die Gleichen. Wie war es in der Schule, gut, passt, danke auf Wiedersehen. Die Schule war halt immer gleich, ein paar Lehrerinnen und Lehrer erzählten uns etwas, keinen interessierte das und wir lernten für einen Test oder eine Schularbeit. Wenn das nicht klappte, lernten wir wieder für eine Prüfung und im schlimmsten Fall für eine Wiederholungsprüfung. Mir war klar, dass Schule sehr wichtig war und eine Institution, die dazu dienen sollte uns das Wissen, das viele Wissenschaftlerinnen und Wissenschaftler, Erfinderinnen und Erfinder, Ärztinnen und Ärzte, Biologinnen und Biologen, Philosophinnen und Philosophen, Physikerinnen und Physiker, Mathematikerinnen und Mathematiker, Schriftstellerinnen und Schriftsteller der Menschheit bereitgestellt hatten, zu lernen, aber irgendwie war Schule auch ein Ort

der Diktatur, Tyrannei, Drogen, Gewalt, Egomanie, Folter und Langeweile. Ich verstand nie warum man die Schule als einen Ort des Muss hinstellte als einen Ort der Schönheit und der Inspiration. Wir lernten alle Shakespeare als alten Sack kennen, anstatt zu lernen, dass er vielleicht eine geile Frau war, die intelligenter war als jeder Mann auf dieser Welt oder vielleicht war er/sie/es wirklich jemand vom Mond oder Mars. Warum konnte man nicht einfach alles annehmen, wenn niemand wirklich wusste wer Shakespeare war. Das war mit immer ein Rätsel oder warum war die Biologie in der Schule immer so starr und tat so als würden wir schon alles über die Welt wissen, dabei sind so viele Sachen im Genom des Menschen, bei der Proteinsynthese, bei den Chromosomenaberrationen nicht klar und bekannt. Wieso kann das Bärtierchen im Weltall bei fast 0 Kelvin überleben? Schule ließ nicht zu, dass man sich mit solchen Entdeckungen näher beschäftigte, immer hieß es, wir müssen mit dem Stoff weitermachen, aber wieso. Wieso konnten wir nicht ein Thema das gesamte Semester behandeln, anhand des Bärtierchens könnten man so viel biologisch untersuchen und mit Physik verknüpfen. Man könnte sich mit dem Weltall beschäftigen, den absoluten Nullpunkt diskutieren

und versuchen herauszufinden wieso Organismen so aufgebaut sind, wie sie es nun mal sind. Ja, na klar, man beschäftigt sich damit, aber Schule ist nie aufregend, obwohl die Themen in der Schule es eigentlich sein könnten. Wissen verschafft manchmal Orgasmen, ja, ich will das Wissen mir einen Steifen macht, aber das tut es so selten. Schule ist wie ein Schlappschwanz, der nie in die Höhe geht. Dabei könnte Schule so viel mehr sein, leider ist es das aber so selten. „Esse, meine Sohn, Esse ist fertig!" „Evo me, dolazim!" Es war Zeit fürs Abendessen, meine Mutter hatte grah gekocht, Serbische Bohnensuppe. Ich hasste dieses Gericht, ich hatte danach immer Bauchschmerzen und musste furzen wie ein Luftballon. „To ti je zdrava hrana, sine moj. Kad smo mi bili mladi, nije nekada bilo ništa drugo osim graha und kuruze. Keine McDonald's. Hahaha!" Mein Vater liebte es diese Geschichten zu erzählen. Bohnensuppe, Maisbrot, das war anscheinend das Leben im ehemaligen Jugoslawien früher, ich konnte mir das einfach nicht vorstellen, aber ja, es war früher nun mal so, tako ti je to bilo.

Kapitel 8: Ich hatte keine Playstation

Mein Vater liebte es von früher zu erzählen. Für ihn war das Leben im ehemaligen Jugoslawien wunderschön. Er erzählte mir von seinen Freiheiten, er erzählte die Geschichten immer so als wäre er Tarzan gewesen. „Kod mene nije bilo Playstation! Hahah! Cijeli dan sam bijo u šumi i često se nisam vraćao kući dok nepadne mrak." Na klar, früher gab es keine Playstation, aber die gab es damals weder in Österreich oder Deutschland, noch hatte sie Sony in Japan erfunden. Trotzdem war es für meine Eltern immer wichtig zu betonen wie gut wir es haben und dass wir dafür dankbar sein sollten in Österreich aufzuwachsen. Ja, das war ich und bin ich, aber das Leben ruht sich nicht auf Dankbarkeit aus. Lehrerinnen und Lehrer müssen uns benoten und sie können nicht immer im Hinterkopf behalten, wie arm wir Tschuschen, Kanaken und Gsindel sind. Wir müssen und wollen es ihnen auch beweisen. Mein Ziel ist es eines Tages meinen Eltern alles zurückzuzahlen was sie jemals für mich geleistet hatten und ich

bin sicher, dass mir das gelingen wird.

Das Leben im ehemaligen Jugoslawien war nicht einfach. Oft, wie aber auch in anderen Staaten damals, verdiente nur der Mann das Geld für die gesamte Familie. Wenn man Land besaß, dann zwang man Töchter und Söhne den Acker zu bearbeiten, das Vieh zu betreuen und alles sauber zu halten. Hatte man die Möglichkeit in der kommunistischen Partei zu sein, dann sah die Sache ganz anders aus. Als Mitglied in der kommunistischen Partei konnte man sehr gut verdienen und musste nicht ins Ausland, um sich als Gastarbeiterin oder Gastarbeiter einen normalen Lohn zu verdienen.

Das Leben im ehemaligen Jugoslawien war nicht perfekt, aber die Leute lebten sehr gerne dort. Mein Vater versteht bis heute nicht, wieso der Jugoslawienkrieg überhaupt ausbrechen musste, es war allen eigentlich ein Rätsel. Serben, Bosnier, Kroaten und auch andere Minderheiten verstanden sich eigentlich recht gut. Meine Eltern hatten Nachbarn die muslimisch waren, serbisch-orthodox oder römisch-katholisch. Die Religionen waren nicht wirklich wichtig, eigentlich waren sie im kommunistischen Jugoslawien verboten, aber es störte nie-

manden, wenn man in die Moschee oder Kirche ging. Weihnachten wurde bei den Kroaten gefeiert, dann bei den Serben und zum Zuckerfest gab es immer Rabatt auf Vodka. So war das damals. „I onda su počeli problemi," sagte mein Vater.

Kapitel 9: Gott ist groß!

Plötzlich ging alles sehr schnell. Der Tod Titos führte dazu, dass Unruhen aufkamen und die Inflation setze ein. Der Dinar war nichts mehr wert und es war auf einmal wichtig wer Serbe, Kroate oder Bosnier war. Keinen hatte das interessiert, aber 1991 war es dann so weit. Slowenien wollte sich abspalten, was kein großes Problem war, aber die Abspaltung Kroatiens war ein riesiges Problem. Der Krieg dauert aber auch da nicht sehr lange, in Bosnien ging es dann aber richtig los. Leute wurde massakriert, obwohl sie zuvor alle Nachbarn waren.

Mein Vater hatte jedes Mal Tränen in den Augen, wenn er mir von damals erzählte. Ich verstand ihn. Es war vom Paradies in ein fremdes Land gegangen, in dem man ausgelacht wird, weil man anstatt üben, iben sagt, oder Esterreich statt Österreich. Mir war es natürlich wichtig über die Geschichte meiner Eltern zu erfahren, aber das passte oft nicht in mein Konzept, wenn es gerade wichtig war zu lernen, wie die alten Römer und Griechen die Welt sahen.

Ich war dabei alle Texte von Ovid noch einmal zu übersetzen, aber ich verstand es nicht. Was war noch einmal dieser Ablativus Absolutus, cuis, cui, sum, estis, sum. Oh Mann! Zweistündige Lateinschularbeit und ich hatte keinen Plan von irgendetwas. Digga, ich war total lost.

Bei der Lateinschularbeit schwitzte ich mich zu Tode. Ich war echt nicht mehr in der Lage mir aus dem Latein, das vor mir lag, irgendetwas zusammenzureimen. Am Anfang ging das noch, da konnte man mit ein paar Vokabeln ziemlich schnell erkennen, worum es in dem Text gehen könnte. Leider war das im 4. Lernjahr nicht mehr möglich. Hätte ich doch damals nicht Latein gewählt, aber auch da ist das Schulsystem leider so, dass man einfach keine andere Wahl hat und man bei der Wahl bleiben muss, die man als Baby mit 12 Jahren gewählt hat. Ja, Baby, ich weiß nicht wie man Kinder mit 12 nennen soll. Ich hatte doch keine Ahnung vom Leben damals, mir war es nur wichtig HipHop zu hören und so zu tun als ob ich der heftigste Gangsta aller Zeiten war. Mit meinen fucking 12 Jahren. Lächerlicher geht es kaum. Die Lateinschularbeit bezwang ich irgendwie, aber wirklich froh war ich nicht darüber. Ich konnte nur mit einem Nicht genügend

rechnen, viel mehr war hier einfach nicht drinnen.

Plötzlich stürmte jemand in die Klasse und rief: "Allahu akbar!" Es war ganz still. Ich spürte einen einzigen Schweißtropfen an meiner Stirn. Die Lehrerin war ganz perplex und starr. Meine Mitschülerinnen und Mitschüler atmeten nicht einmal mehr. Der Schüler rannte dann aber gleich wieder hinaus und lachte. Alles war nur ein Scherz gewesen. Trotzdem war mein Herz gefühlt für eine Minute stehen geblieben, auch wenn es keinen Sinn machte. "Allahu akbar" bedeutet einfach nur "Gott ist groß" und diesen hätte ich bei der Lateinschularbeit wirklich gebrauchen können.

Kapitel 10: Du bist wichtig!

Peter war wieder da. Er hatte mehr als 2 Wochen gefehlt und wollte mit niemandem reden. Er war in den Stunden nun anwesend, aber im Grunde genommen sprach er mit niemandem wirklich. Gerüchte waren viele im Umlauf. Manche sagten, dass Peter einfach zocken wollte und deswegen so lange gefehlt hatte. Andere wiederum waren eher der Meinung, dass Peter einen Sexunfall gehabt hatte und sein Penis zusammengeflickt werden musste. Die Wahrheit war aber viel düsterer. Als ich wieder einmal zum Sekretariat musste, weil die Trotteln beim Fußballspielen einfach zu unfähig waren und mir wieder meinen Schädel wegfetzen wollten, sah ich Peter vor mir. Ich blieb absichtlich etwas weiter weg stehen, um nicht aufzufallen, sah aber das Peter mit den Sekretärinnen und dem Direktor einiges noch besprach. „Peter, uns ist es wichtig, dass es dir wieder gut geht und du in Sicherheit bist. Vergiss einmal deine Noten, wir wollen nicht, dass du dir durch den ganzen Stress, der jetzt auf dich zukommen könnte, wieder etwas antust. Dein Leben ist viel wichti-

ger als alles Andere." Peter hatte einen Selbstmordversuch überlebt. Aber wieso tat er so etwas, er war doch ein wohlhabender Almann. Wieso sollte man sich in so einer Situation sein Leben nehmen wollen?

Peter beendete das Gespräch und war dabei wieder in den Sportunterricht zurückzukehren, dabei hatte er bemerkt, dass ich ihn gesehen und zugehört hatte. Er ging gestresst an mir vorbei und ich holte mir im Sekretariat ein Coolbag. „Na, Herr Jovanovic! Sind sie wieder von einem Ball getroffen worden?" „Ja, leider." Ich hasste sie, immer musste sie meinen Schmerz mit ihren blöden Kommentaren verstärken. Nachdem ich das Coolbag erhalten hatte, verließ ich das Büro der Sekretärinnen und machte mich auf den Weg in den Sportunterricht. Kurz bevor ich wieder den Sportsaal betreten wollte, da rief mich Peter her. Er wollte kurz mit mir sprechen. Mir war etwas unwohl in diesem Moment, aber ich tat es trotzdem. „Ivan, bitte sag es niemandem. Ich wollte nicht mehr leben, keiner will mich mehr, ich bin niemandem wichtig. Meine Eltern sind ständig am Arbeiten und teilweise bin ich ihnen egal. Bitte sag es niemandem." Peter war vollkommen fertig mit den Nerven.

„Peter, ich wusste nicht, dass es dir so geht. Dein Geheimnis ist bei mir sehr gut aufbewahrt. Ich werde keiner Menschenseele davon erzählen. Und vergiss bitte eine Sache nicht, du bist wichtig. Du bist mir wichtig und deinen Eltern! Vergiss das nicht!" Peter nickte nur und verschwand in der Sportgarderobe. Er hatte es nicht einfach. Geld war bei ihm kein Problem, aber seine Eltern waren einfach so beschäftigt mit ihrer Karriere, dass sie vergessen hatten, sich um ihren einzigen Sohn zu kümmern. In diesem Moment war ich glücklich ein Jugo zu sein. Meine Eltern waren zwar oft komisch, aber sie liebten mich und meine Schwester. Sie hätten für uns alles getan und uns nie im Stich gelassen. Danke Mama und Papa! Vi ste najbolji!

Kapitel 11: Unsichtbar muss sichtbar werden

Peters Selbstmordversuch hatte mich wirklich mitgerissen und mir gezeigt, dass weder Geld noch dein sozialer Status dir etwas bringen, wenn es dir psychisch oder physisch nicht gut ging. Oft hatte ich „Thirteen reasons why" im Kopf, wenn ich an Selbstmord dachte und ich verstand oft nicht, wieso man sich das Leben nehmen wollte. Ja, es war nicht immer einfach und die Schule war oft für den Oasch, aber sie führte doch nicht dazu, dass man sterben wollte. Nach dem Gespräch mit Peter googelte ich die Selbstmordraten und die waren gar nicht so niedrig. Bei Männern waren sie sogar höher als bei Frauen, was mich wunderte, da ja Frauen oft über Probleme klagen. Nur ist es so, dass Frauen viel mehr über ihre Probleme sprechen. Männer trauen sich das sehr oft nicht und sind in diesen Fällen eher dazu geneigt alles in sich hineinzufressen. Ich kannte es von mir selbst, ich war eher derjenige, der lieber von den Problemen wegrannte, als sich ihnen zu stellen und Frauen stellten sich eigentlich fast

jedem Problem. Frauen waren wirklich das stärkere Geschlecht. Sie wussten wie sie mit dem Leben umgehen sollten und ich selbst war da stetig überfordert und nicht wirklich bereit mit dem Leben umzugehen. Mir stellte sich nur die Frage, was man da machen konnte. Wie konnte man Männern, Burschen, Jungs, aber auch Mädchen helfen sich nicht das Leben nehmen zu wollen. Gab es da irgendetwas was man tun konnte? Leider war die Antwort oft nein. Natürlich konnte man Psychologen kontaktieren oder ähnliche Berufsgruppen, aber im Endeffekt waren alle nicht fähig Menschen davon abzuhalten, sich das Leben zu nehmen, wenn sie es vorhatten. Nichtsdestotrotz war ich anderer Meinung als es meine Recherchen ergeben hatten. Wenn man Leuten das Gefühl gab, dass sie wertvoll waren und es ihnen auch zeigte, dann musste es irgendwie auch möglich sein, sie vor sich selbst zu retten. Wenn ich Leute vor Krebs, Corona, der Grippe, Herzfehlern, Nierenentzündungen heilen konnte, dann musste das auch mit psychischen Problemen möglich sein, nur wollte sich keiner damit beschäftigen, da psychische Probleme unsichtbar waren. Wir konnten diese alle nicht sehen und alles, was man nicht sieht, das bemerkt man auch nicht. Für mich war es schwer zu verstehen, wieso wir

Menschen dem Gesehenen so viel Wert zukommen lassen, obwohl vieles was wir nicht wahrnehmen, die physikalischen Gesetze, fiktive Charaktere und Literatur doch oft nicht wirklich greifbar sind. Alle wissen, dass Gravitation existiert, aber wr können sie weder anfassen, verkaufen, noch wirklich fotografieren. Ein fallender Stift sieht auf einem Foto wie ein schwebender Stift aus und ein Video eines fallenden Stiftes ist beim Stoppen des Videos im Grunde genommen auch nur ein Stift im Landeanflug. Viele Menschen glauben aber, auch wenn sie nicht sehen können, trotzdem brauchen die meisten Kreuze, Bücher, Statuen, um zu glauben. Psychische Probleme sind auch real, nur sehen wir sie alle erst, wenn es zu spät ist, anstatt präventiv zu handeln und in Peters Fall hatte keiner von uns bemerkt, dass es ihm nicht gut gegangen war. Im Unterricht arbeitete er immer brav mit und redet mit anderen Mitschülerinnen und Mitschülern und trotzdem musste er innerlich so große Schmerzen gehabt haben, dass er sich von uns allen verabschieden wollte. Ich hatte daher beschlossen mich mehr um ihn zu kümmern.

Kapitel 12: Endlich bin ich ein Adonis

Nachdem ich mit Peter geredet hatte, musste ich noch aufs Klo. Ich begab mich auf die Jungstoilette und auf dem Weg sah ich sie. Karoline stand da und wollte auch aufs Klo gehen. Ich sagte nichts und machte ihr den Weg frei und plötzlich redete sie mich an: „Ivan, ich wusste nicht, dass du so ein gutes Herz hast." Oh mein Gott, sheeeessh, sie hatte mit mir geredet. „Ehm, danke, Karoline." Sie verschwand auf dem Mädchenklo. Ich konnte es nicht fassen, sie hatte freiwillig mit mir geredet, sie hatte mich angesprochen. Unsere Kinder wird es doch geben, oh yeah, Baby ich will dich jetzt. Kaum zu glauben, dass meine Hormone so verrückt spielten. Ich konnte es echt nicht fassen. Mein Vater wäre in diesem Moment echt stolz auf mich, er würde sagen: „Meine Sohn, du bist eine richtige Mann. Endlich machst du fir deine Vata Kinda." Ja, das war mein Vater, ein unglaublich verrückter Mann, aber ich liebte ihn und ich liebte Karoline. Ich konnte es einfach nicht fassen, dass sie mit mir gesprochen hatte.

Karoline war high class, sie war eine Göttin und ich nur ein einfacher Chuckmuck. Aber sie hatte mich angesehen und mit mir gesprochen. Karoline war für mich einfach eine Frau, für die ich alles tun würde und sie hatte mich nur wegen Peter angesprochen. Na gut, dass sollte ich nicht so sagen. Peter war mir wichtig, ich kannte ihn schon seit der Unterstufe und ich hatte wirklich vor mich um Peter zu kümmern. Peter war ein guter Kerl und ich konnte ihm wirklich sehr dankbar sein. Ohne das Gespräch, dass ich mit ihm geführt hatte, hätte Karoline nicht mitbekommen, was für ein Mensch ich war. Obwohl ich nie mit Zlatan und den anderen Zeit verbrachte, dachte sie, dass ich einer von ihnen war. Sie hatte natürlich nicht ganz Unrecht. Auch wenn ich Zalatan ignorierte, war ich sehr oft wie Zlatan angezogen. Ich versuchte Zlatan nachzumachen und mich so wie er zu benehmen. Seine Bewegungen wurden von mir immer nachgeahmt, sein Deo war eigentlich immer auch mein Deo und oft imitierte ich auch seine Sprache. Ja, Zlatan war mein geheimes Vorbild, ich hasste ihn, wollte aber trotzdem oft wie er sein. Karoline machte das nur teilweise. Ich dachte eigentlich, dass sie es liebte Männer wie Zlatan zu sehen, aber anscheinend war es doch nicht so. Das wurde mir erst mit

dieser Begegnung vorm Klo klar.

Ich hatte es also geschafft, ich hatte Karolines Aufmerksamkeit und war zu einem Adonis geworden. Tage nach dieser Begegnung musste ich noch immer an Karoline denken. Mir vielen unglaublich viele Szenarien ein wie ich versuchen könnte, diese Begegnung auszunutzen, um ihr Näher zu kommen. Ich wollte ihr nudes schicken, mir wurde aber schnell klar, dass sie mich dann als Perversling abgestempelt hätte. Ich hatte dann über ein Bild meines Penis nachgedacht, aber der war leider zu klein. Und ja, wahrscheinlich wäre ich dann auch von der Schule geflogen. Es blieb somit nur eine Chance, ich musste sie einfach ansprechen. Nur wie sollte ich das angehen? Sollte ich sie mit „Hey Karoline, hast du Lust?" ansprechen oder lieber mit „Mamasita, willst du kita?" Kita war das kroatische, serbische und bosnische Wort für Pimmel. Ja, also auch keine so gute Idee. Nach einer Woche hatte ich beschlossen zu ihr hinzugehen. Ich nahm allen Mut zusammen, ging in einer Pause zu ihr hin und sagte nichts. Sie lächelte und sagte: „Ja, Ivan, machen wir einmal etwas zusammen."

Kapitel 13: Vielleicht ist Schule doch okay

YEEEEESSSSSSSSSS!!!! Karoline wollte mich!!! YEEEEEESSSS! Nach Jahren an Träumereien und Planung hatte ich es geschafft Karoline anzusprechen. Na gut, das stimmte nicht ganz. Karoline hatte mich angesprochen und ich war einfach nur erstaunt, dass sie es getan hatte. Mir war einfach nicht ganz klar, wie es dazu gekommen war. War sie auch in mich verliebt? Wusste sie, dass ich einen Stand auf sie hatte? Wie war so etwas überhaupt möglich? Egal, Hauptsache Karoline wollte mich. Das war mir wichtig! Nach unserem sehr kurzen Gespräch, hatte ich ihr gesagt, dass ich mich bei ihr melden werden. Tja, nun hatte ich wieder ein Problem, wie sollte ich sie auf WhatsApp anschreiben? „Hey Baby, wann treffen wir uns?" Nein, das war zu viel, es war ja das erste Date, da konnte ich das noch nicht schreiben. „Karoline, wann sehen wir uns mein Schatz?" Okay, das war auch zu viel des Guten. Hmmm, wie sollte man ein Mädchen anschreiben, das man über alles liebte. Okay, ich hatte es herausgefun-

den, ich entschied mich für: „Hallo Karoline, wann möchtest du dich treffen und was möchtest du denn machen?" Ich tat es, ja, ich hatte es getan, ich hatte die Nachricht wirklich abgeschickt. Aber es waren nicht gleich zwei blaue Häkchen zu sehen. Auch nach einer Stunde nicht. Nach 5 Stunden nicht. Oh mann, sie hatte mich geghostet. Wiesooooo!!!

Ich beschloss mich irgendwie abzulenken und spielte ein paar Stunden lang CoD. Die Ablenkung funktionierte nur teilweise. Wieso schrieb sie mir nicht gleich zurück, was könnte das Problem gewesen sein. Wollte sie mich gar nicht, spielte sie nur Spiele mit mir. Was würde Andrew Tate in diesem Moment sagen. Ach, scheiß egal, dieser Typ hatte sowieso keine Ahnung von Frauen. Da war es eigentlich klüger Homer oder Cicero zu konsultieren. Immerhin waren ihre Geschichten und Gedichte bis heute noch aktuell, die waren eigentlich viel besser als Andrew Tate. Ich hatte nicht vor für meine Helena einen Krieg anzufangen, aber ich wäre für vieles bereit gewesen, ja, auch ich hätte mich mit Apollo angelegt. Nichtsdestotrotz musste ich versuchen über Karolines ghosting hinwegzusehen. Das tat ich dann auch. Am nächsten Tag ging ich in die Schule und ignorierte sie

komplett und schaute nicht einmal in ihre Richtung. Es war schwieriger als gedacht, denn irgendwie hatte sie mir mit dem Ignorieren meiner Nachricht das Herz gebrochen.

Nach einer Woche und großem Liebeskummer hatte ich Karoline schon fast vergessen. Ja, sie war mir egal. Wen juckt es, ich brauche sie nicht. Plötzlich war es da, ja, die blauen Häkchen waren aufgetaucht. Okay gut, ich hatte jeden Tag auf WhatsApp nachgesehen, ob sie die Nachricht gelesen hatte. Auf einmal sah ich, dass sie dabei war eine Nachricht einzutippen. OMG! Ich wollte mein Handy aus dem Fenster werfen. Nach gefühlten 10 Stunden, eigentlich waren es nur 2 Minuten, hatte sie mir geschrieben: „Ivan, meine Mutter hatte mir mein Handy weggenommen und ich konnte dir nicht antworten. Sorry! Ja, ich möchte mich mit dir treffen, gehen wir doch einfach mal in den Donaupark spazieren." Wooooow! Sie hatte mir geantwortet. Oh Mann, ich war so glücklich. Irgendwie war ich zum ersten Mal auch froh Schüler zu sein, denn hätte es die Schule nicht gegeben, dann hätte ich Karoline nie kennengelernt. Vielleicht war Schule doch ganz okay. Alhamdulillah!

TOMISLAV MARKOVIC

Mein Name ist Tomislav Markovic und ich wurde 1993 in Klosterneuburg geboren. Meine Eltern waren Kriegsflüchtlinge und Gastarbeiterinnen in Österreich. Der Jugoslawienkrieg zwang meine Eltern dazu sich ein Leben in Wien und Niederösterreich aufzubauen. 1998 kam mein kleiner Bruder zu Welt und sorgt seit diesem Jahr immer dafür, dass Langeweile bei uns nie ein Thema ist. Ich studierte auf der Universität Wien Biologie und Umweltbildung in Kombination mit Englisch auf Lehramt und unterrichte an einem Wiener Gymnasium. Mittlerweile bin ich 30 Jahre alt und liebe es zu leben.

Loved this book?
Why not write your own at story.one?

Let's go!

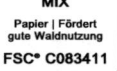

FSC
www.fsc.org
MIX
Papier | Fördert
gute Waldnutzung
FSC® C083411